CATALOGAGE AVANT PUBLICATION DE BIBLIOTHÈQUE ET ARCHIVES
NATIONALES DU QUÉBEC ET BIBLIOTHÈQUE ET ARCHIVES CANADA

Renaud, Anne, 1957-

[Missuk's snow geese. Français]
Missuk et les oies des neiges
Version française par l'auteure de son conte intitulé : Missuk's snow geese.
Pour enfants de 3 ans et plus.

ISBN 978-2-89512-852-6

I. Côté, Geneviève, 1964-   . II. Titre. III. Titre : Missuk's snow geese. Français.

PS8635.E51M5814 2009   jC813'.6   C2009-941155-5
PS9635.E51M5814 2009

Première publication par Simply Read Books, Vancouver, B.C., sous le titre
Missuk's snow geese
© 2008 texte en anglais : Anne Renaud ; illustrations : Geneviève Côté

Version française pour l'Amérique du Nord
© 2009 Les Éditions Héritage inc., Anne Renaud pour le texte en français
et Geneviève Côté pour les illustrations
Tous droits réservés
Révision : Claudine Vivier
Correction : Anne-Marie Théorêt
Dépôt légal : 3e trimestre 2009
Bibliothèque et Archives du Québec
Bibliothèque nationale du Canada

DOMINIQUE ET COMPAGNIE
300, rue Arran, Saint-Lambert (Québec) J4R 1K5
Téléphone : 514 875-0327; télécopieur : 450 672-5448
Courriel : dominiqueetcompagnie@editionsheritage.com
www.dominiqueetcompagnie.com

Imprimé en Malaisie

Nous remercions le Conseil des Arts du Canada de l'aide accordée
à notre programme de publication.

Nous reconnaissons l'aide financière du gouvernement du Canada
par l'entremise du Programme d'aide au développement de l'industrie
de l'édition (PADIÉ) pour nos activités d'édition.

Nous reconnaissons l'aide financière du gouvernement du Québec
par l'entremise du Programme de crédit d'impôt pour l'édition de livres – SODEC –
et du Programme d'aide aux entreprises du livre et de l'édition spécialisée.

À ma famille, avec qui j'ai vécu le Nord — A.R.

Pour Adrien — G.C.

Missuk
et les oies des neiges

de

Anne Renaud

illustré par

Geneviève Côté

Dominique et compagnie

Cette histoire est née il y a bien
des printemps, au pays où dansent
les aurores boréales, royaume de l'ours
polaire, de l'oie des neiges et du caribou.

« Quand deviendrai-je un grand sculpteur
comme toi ? » demande Missuk à son père,
qui attelle les cinq huskies au traîneau.

« Patience, lui répond son père. C'est un long apprentissage et tu es encore très jeune. Si tu veux, nous sculpterons ensemble à mon retour de la chasse. »

Missuk aide à charger sur le traîneau
les harpons de chasse, la viande de phoque
pour nourrir les chiens, et le poisson séché
pour son père. Puis elle lui souhaite bonne route
en le regardant s'éloigner.

Quand l'attelage n'est plus qu'un petit point noir
à l'horizon, Missuk rentre à l'intérieur de l'igloo.

Assise au côté de sa mère, la fillette observe celle-ci
tailler le contour d'une mitaine, d'une paume et d'un
pouce dans une peau de phoque, et coudre les pièces
ensemble à l'aide d'une aiguille en os de caribou.

Missuk suit attentivement les gestes de sa mère.
Elle découpe des formes plus petites dans la peau
de phoque et entreprend de les assembler.

Mais Missuk préfère sentir sous ses doigts la douceur
de la pierre plutôt que celle de la fourrure de phoque.

Elle tire de sa poche une petite oie des neiges
que son père a sculptée et en caresse la surface
du bout des doigts. Puis, elle s'empare d'un
morceau de pierre à savon et, avec son couteau
ulu, elle essaye de le travailler comme son père
le lui a appris. Mais elle ne réussit pas à trouver
l'oiseau gracieux caché à l'intérieur de la pierre.

Déçue, elle abandonne sa sculpture et sa couture,
et sort.

La neige craque sous ses bottes en peau de phoque à mesure que Missuk s'avance sur la toundra gelée. La noirceur des longs mois d'hiver n'est plus qu'un souvenir et le vent apporte avec lui les arômes du printemps. À présent, le soleil reste suspendu au-dessus de l'horizon toute la journée et presque toute la nuit.

En haut d'une petite colline, Missuk s'allonge
dans la neige et scrute l'immensité du ciel sur
laquelle se découpent les grands V des vols d'oies
blanches. Elle bouge les bras comme des ailes,
puis ferme les yeux et imagine qu'elle prend
son envol comme une de ces oies superbes
que son père sait sculpter. Lorsque les oies
la survolent un peu plus bas, elle essaye de les
compter avant de les perdre de vue. Et quand
leurs cris tonitruants emplissent ses oreilles,
elle pousse des cris à son tour pour accueillir
le retour des grands oiseaux migrateurs.

Pendant des heures, Missuk s'amuse à imprimer
dans la neige des formes d'oies tout le long
de la piste qu'a tracée le traîneau de son père
un peu plus tôt dans la journée.

Soudain, un vent violent se lève. Une tempête
se prépare et Missuk comprend qu'il est temps
de rentrer chez elle retrouver sa mère.

À l'abri des bourrasques qui soulèvent la neige en tourbillons blancs, Missuk tend l'oreille dans l'espoir d'entendre arriver le traîneau de son père. Mais aucun bruit ne lui parvient.

« Ton père est un grand chasseur et il va bientôt rentrer », lui dit sa mère lorsque la fillette, qui tombe de sommeil, se glisse sous sa peau de caribou.

Mais il y a de l'inquiétude dans les yeux de sa mère. Elle aussi sait que le froid ne pardonne pas.

Lorsque le sommeil
l'emporte, Missuk rêve
que son père s'est perdu,
aveuglé par la neige
qui balaye la toundra.

Puis elle rêve que la glace cède
sous le poids du traîneau
de son père et que lui et
les chiens sont engloutis
par les eaux noires de la rivière.

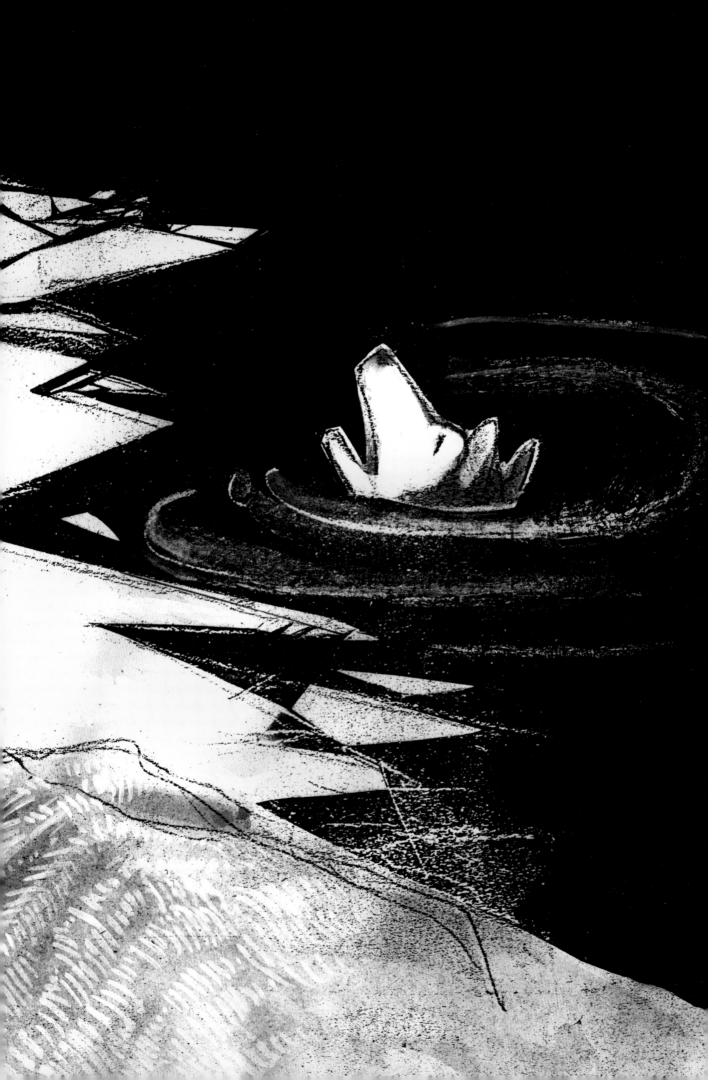

Missuk se réveille en sursaut,
le cœur battant. C'est alors
qu'elle aperçoit à côté
de sa mère, sous les
couvertures de peaux
de caribou, la forme
de son père, arrondie
comme celle d'un ours.

« Ton père est très fatigué, chuchote sa mère.
Viens, allons décharger le traîneau pendant
qu'il dort. »

Missuk suit sa mère à l'extérieur et l'aide à retirer
du traîneau les fourrures, les armes de chasse et
la viande de caribou que son père a rapportée.

Quand son père ouvre enfin les yeux, il leur raconte son histoire.

« J'ai rencontré un troupeau de caribous et j'ai même réussi à en tuer un avant qu'ils détalent dans la plaine », commence-t-il.

« Soudain, un vent violent s'est levé. Je ne voyais que du blanc à perte de vue. Si je n'avais pas remarqué sur la neige une série d'empreintes en forme d'oies, je me serais égaré. Ces empreintes d'oies m'ont guidé à travers la toundra jusqu'à une colline du haut de laquelle j'ai pu apercevoir notre igloo. Voilà comment j'ai pu retrouver mon chemin jusqu'ici. »

Missuk comprend alors
qu'avec le temps elle deviendra
un grand sculpteur, car elle aussi
a su créer des oies des neiges,
tout comme son père.